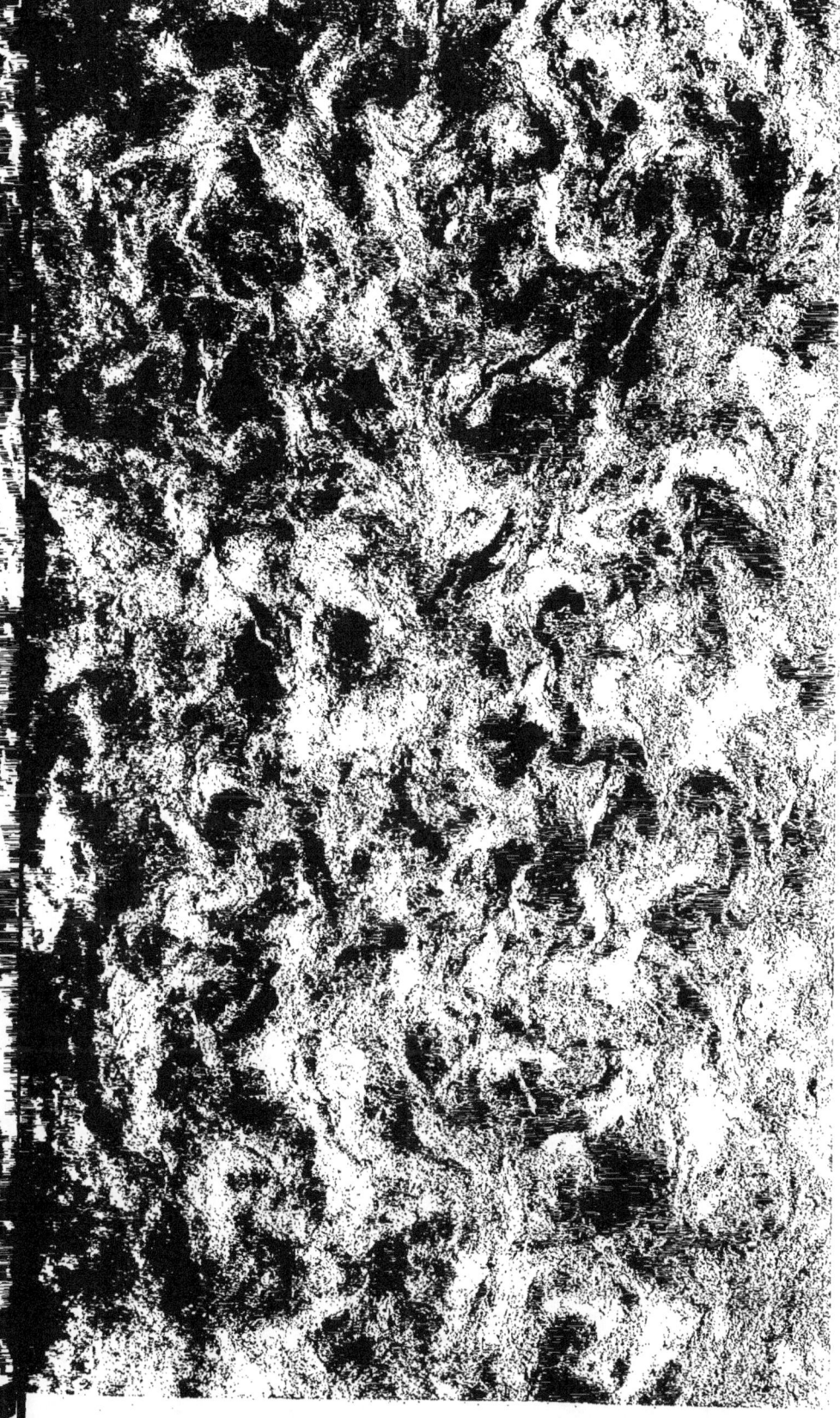

F.ÉDOUARD 1989

CHANTS DE LA TERRE

PAR

JULES PÉROCHE

AUTEUR DES VOIX POÉTIQUES.

PARIS.
CHARLES GOSSELIN, LIBRAIRE-ÉDITEUR,
30, RUE JACOB.

1844

CHANTS DE LA TERRE.

625

IMP. DE A. PRIGNET, À VALENCIENNES.

Pour paraître très-prochainement.

CHANTS DE LA TERRE

par Jules Péroche,

AUTEUR DES VOIX POÉTIQUES.

(Un beau volume in-8°, imprimé sur papier satiné ;
orné de gravures sur bois et d'une couverture lithographiée.)

PRIX : 3 fr. 50 c.

ON SOUSCRIT :

à

chez

AVERTISSEMENT.

AVANT de livrer au public les CHANTS DE LA TERRE, l'auteur croit bon de dire, à ceux qui lui font l'honneur de le lire, quelques mots sur la pensée dont il a formé ce volume.

Quant à la forme de sa poésie, il ne s'y arrêtera pas. La forme n'est que le corps. Que ses vers soient toujours naturels, toujours beaux, il le voudrait, on n'en doute pas, et il a fait des efforts pour cela ; mais ce qu'il a cherché d'abord, c'est la pensée, c'est l'âme. Sans elle, en effet, quelque beau que soit un corps, c'est toujours un corps mort.

Descendre au fond de son cœur pour en tirer quelques-unes de ses sensations intimes ; regarder se mouvoir la société comme une mer calme ou furieuse ; s'enivrer du parfum des vallées ; s'éblouir de l'ombre de Dieu : voilà ce qu'il a fait. Ainsi, Dieu, les champs, le monde, lui, sont les sources diverses où il a puisé sa poésie.

Tantôt gai, tantôt triste, selon les circonstances qui l'inspiraient, il a donc gazouillé avec le ruisseau et gémi avec la misère, rêvé avec l'amour et marché avec le courage, prié avec l'espérance et flétri avec la justice. — Il a béni avec le ciel et maudit avec l'enfer. Car, selon lui, le poète a aussi son devoir tracé par Dieu. Sa voix ne doit pas être un vain soupir perdu dans le creux du vallon ; elle doit s'élever sur les cités avec la brise ou la tempête, et se répandre sur chacun comme le doux roucoulement de la colombe ou le cri terrible de l'aigle. Aux justes les chants de paix et d'espérance ; aux méchants les cris de guerre et de désolation.

C'est tout son volume.

Du reste, on a pu remarquer que l'auteur, dans ses VOIX POÉTIQUES, marchait déjà vers ce but, à pas tremblants, il est vrai ; car, trop jeune encore, il manquait de force ; mais déjà il se sentait le courage au cœur et la volonté dans l'âme. Aujourd'hui qu'il a peut-être un peu plus de vigueur, il s'est élancé dans sa voie, soutenu d'un côté par Dieu en qui il met sa confiance ; d'un autre côté, par les encouragements du public à qui il s'adresse, et dans lesquels il ose encore espérer.

JULES PÉROCHE.

Savez-vous ce que c'est que le Peuple ? vous tous
Qui voudriez le voir rampant à vos genoux,
Qui lui jetez la boue au front, dans votre audace,
Et qui ne pouvez point salir sa noble face.
Oh ! le Peuple n'est pas ce que vous le pensez,
Une tourbe grossière, un ramas d'insensés,
Un bourbier dangereux, un égout, une fange
Où l'on voit s'agiter quelque reptile étrange.
Le Peuple ! c'est le cœur de chaque nation
Où naît toute puissante et noble impulsion ;
C'est la main qui nourrit ; c'est le bras qui travaille,
Le sein qui va s'offrir aux coups dans la bataille ;
C'est le front qui, rempli de rêves glorieux,
Couve chaque penser qu'il va ravir aux cieux
Et que, sur les cités, la voix de son génie
Epanche, comme un baume, à longs flots d'harmonie.
Il n'a point de palais ; mais c'est le moissonneur
Qui récolte, aux grands jours, les palmes de l'honneur,
Ces palmes que parfois volent des fronts de lâches
Comme pour s'effacer d'ineffaçables taches.
C'est lui qui tend la main aux jeunes libertés,
Qui brise sous ses pieds les tyrans redoutés.
Il ne se pare point d'un nom brillant de gloire
Pour voiler le forfait ou la trahison noire,
Pour prétendre, malgré la bassesse du cœur,
Aux sentiments innés qui font seuls la grandeur ;

IMP. DE A. PRIGNET, A VALENCIENNES.

VENISE.

Page 17.

Lith. de A. Prignet.

La vie a tout quitté, son Lido, ses Palais...

CHANTS DE LA TERRE

PAR JULES PÉROCHE,

AUTEUR DES VOIX POÉTIQUES.

PARIS.
CHARLES GOSSELIN, LIBRAIRE-ÉDITEUR,
30, RUE JACOB.

1844

Première Partie.

I.

L'AIGLE ET LA COLOMBE.

POÈTE, à nous tes chants ! dirent-ils à la fois.
Et l'écho du désert répéta les deux voix.

L'AIGLE.

A moi tes chants ! J'ai l'aile immense et courageuse.

Moi, je brave les flots et la nue orageuse.
Sur leurs trônes debout, les altiers souverains,
Si grands qu'ils puissent être, à mes yeux sont des nains.
Pour moi les monts béants, les mers n'ont point d'abîmes;
Je repose plus haut que les plus hautes cimes;
Et, quand le jour se voile au retour de la nuit,
Parmi les feux du ciel mon œil s'allume et luit.

LA COLOMBE.

A nous les accords de ta lyre!
Moi, j'habite les doux vallons
Où le ruisseau fuit et soupire
A l'abri des noirs aquilons.

Toutes les roses de la plaine,
Quand je passe, matin ou soir,
Penchent vers moi leur coupe pleine
Où je bois l'amour et l'espoir.

L'AIGLE.

Je jetterai partout les élans de ton âme

Comme on jette la honte et l'opprobre à l'infâme.
Les méchants trembleront en voyant dans les airs,
Par un temps calme et pur, scintiller des éclairs.
Les mauvais pâliront, au milieu de l'orage,
En voyant, sur leur tête, une lugubre page
Tourbillonner long-temps, et jeter, en passant,
Le feu de l'anathême avec des flots de sang.

LA COLOMBE.

Parfois, lorsque le soir arrive,
Bien près me glissant doucement,
J'écoute parler sur la rive
La bien-aimée et son amant.

Si tu veux, à leurs pieds qu'arrose
La source au murmure enchanteur,
J'effeuillerai, comme une rose,
Ton livre à l'endroit du bonheur.

L'AIGLE.

A moi! Je porterai, malgré les vents et l'onde,

Ta parole d'airain jusques au bout du monde ;
Et chacun l'entendra — l'esclave et l'empereur —
Gronder comme la mer sous l'autan en fureur.
Malheur à ceux dont l'âme a recherché le crime !
Ils resteront en proie au remords de l'abîme
Jusqu'au moment où Dieu, les ayant devant lui,
S'ils ont pleuré, dira : Je pardonne aujourd'hui.

LA COLOMBE.

A moi ! J'irai vers la chaumière,
Et, jouant auprès de l'enfant,
J'essuîrai sa frêle paupière
Avec un feuillet consolant.

Au malheureux qui souffre et pleure,
Au vieillard à peine vêtu,
Je montrerai l'autre demeure
En leur jetant : A la vertu !

Prenez-donc, répondis-je à l'Aigle, à la Colombe.

Comme l'éclair qui passe ou le rayon qui tombe,
Allez ; et que mes chants, répandus en tout lieu,
Annoncent la vengeance ou les bienfaits de Dieu.

1843.

II.

AU PEUPLE.

Et j'entrai dans le monde avec un doux sourire,
Car je croyais n'y voir régner que la vertu ;
Et je fus bien trompé, mon Dieu, je dois le dire !
Or, frères, écoutez ! voici ce que j'ai vu :

D'abord, j'ai vu partout, comme une mer qui roule,
Le méchant, plein d'orgueil, se montrer impuni ;
Ici j'ai vu le traître honoré dans la foule,
Là, comme un vice à fuir, le courage banni.

J'ai vu l'avare impur, sans craindre le tonnerre,
Se gonfler, chaque jour, des biens de l'orphelin ;
J'ai vu le mendiant, dans sa longue misère,
Grelotter en hiver sans asile et sans pain.

J'ai vu la jeune fille, en sa pauvre demeure,
Par le riche éhonté séduite sans retour ;
Et bientôt, délaissée et flétrie, à toute heure,
Pour vivre, vendre, hélas ! son cœur et son amour.

J'ai vu, comme paré d'une brillante écorce,
L'hypocrite monter, puis s'élever encor ;
Pour punir l'opulent j'ai vu les lois sans force,
Les glaives s'émousser contre des monceaux d'or.

J'ai vu l'ambitieux, cœur vide, tête altière,

Pour atteindre aux honneurs qui ne lui sont pas dûs,
Vouant au gouffre impur son âme tout entière,
Se faire un marche-pied de toutes les vertus.

J'ai vu, pour obéir, le juge, votre maître,
Condamner, parmi vous, l'innocent atterré ;
J'ai vu du cœur de tous la bonté disparaître :
J'ai détourné les yeux alors, et j'ai pleuré.

J'ai pleuré, car toujours, au malheur de mes frères,
Mon cœur compâtissant se brise dans mon sein.
Poète, j'ai passé par toutes vos misères ;
J'ai souffert de vos maux, j'eus faim de votre faim.

J'ai pleuré, puis j'ai dit : Priez ! le temps arrive.
Esclaves des méchants, vos malheurs vont finir.
Voyez le flot immense ! il s'avance à la rive :
Bien plus fort que le flot, un Dieu vient pour punir.

1843.

III.

VENISE.

A M. PEYRAN.

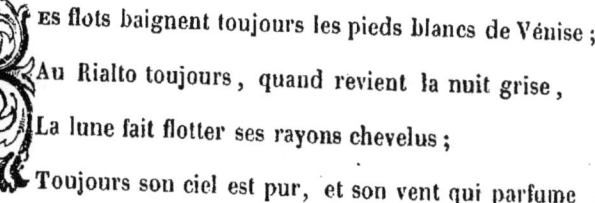

Les flots baignent toujours les pieds blancs de Vénise ;
Au Rialto toujours, quand revient la nuit grise,
La lune fait flotter ses rayons chevelus ;
Toujours son ciel est pur, et son vent qui parfume

Soulève, à ses côtés, sa ceinture d'écume ;
Et la reine des mers n'est plus !

Non, Vénise n'est plus ! C'est en vain que l'on nomme
Ainsi quelques débris où s'agite encor l'homme :
La vie a tout quitté, son Lido, ses palais ;
Son étendard sacré roule dans la poussière,
Et le Goth, sous son pied, couvre la toge altière
De la fange de ses marais.

Non, Vénise n'est plus ! Chez elle tout s'efface ;
Tout, excepté la honte empreinte sur sa face.
La gloire, âme du peuple, a fui ses matelots.
Non, Vénise n'est plus ! Déesse qui succombe,
Elle penche sa tête aujourd'hui vers la tombe,
Au chant lugubre de ses flots.

Pourtant, parmi ses sœurs, qu'elle était grande et belle !
Comme son front brillait sous sa palme nouvelle !
Que son sein réchauffait de guerriers généreux !

Que ses temples de marbre étaient beaux dans les nues !
Comme l'or ruisselait à longs flots dans ses rues !
Que ses enfants étaient heureux !

Alors c'était le temps de sa toute-puissance.
L'Asie aux cheveux noirs, avec munificence,
Lui versait chaque jour ses trésors et ses fleurs ;
Et, d'une main tremblante, en souriant, la Grèce
A sa lèvre élevait la coupe enchanteresse
Pleine de ses anciens bonheurs.

Oh ! qui n'aurait aimé la glorieuse fille,
Avec son large front, son regard qui pétille,
Avec ses beaux atours, ses chants harmonieux !
L'étranger, pour jamais fuyant de sa patrie,
Venait, entre ses bras, s'enivrer de la vie
Comme d'un vin délicieux.

—

Maintenant où sont donc ses mariniers sans nombre ?
Ses vaisseaux bondissant sous la tempête sombre ?

Ses doges orgueilleux, fiers époux de la mer?
Où sont ses beaux canons regorgeant de mitraille?
Quel est le cri puissant qu'au jour de la bataille
Ses fils vainqueurs jetaient dans l'air?

Où sont les souverains tombés devant sa foudre?
Les peuples asservis, et, le front dans la poudre,
Se courbant sous ses lois comme sous des destins?
Tout aurait-il sombré dans une nuit terrible?
Malheur! une nuit seule, et la reine invincible,
Captive, aux fers livra ses mains!

Tu n'avais donc pas là de bras pour te défendre?
Vénise; Dandolo, renaissant de sa cendre,
Ne s'est donc pas levé, vaillant comme jadis?
Pas un Morosini n'a donc brandi la lance?
Non! et les condamnés, dans leurs puits de souffrance,
Crièrent alors: mort aux Dix!

Ta puissance a passé comme cette fumée
Qui, pendant le combat, roule sur une armée,
Et qui, vers l'horizon, s'évanouit, hélas!

Quand la poudre et usée et que l'airain de guerre
Ne jette plus la bombe et le boulet sur terre
Pour tuer les pauvres soldats.

Ah ! Vénise, pourtant si ton âme sublime
Ne s'était si souvent laissée aller au crime,
Peut-être qu'aujourd'hui nous te verrions encor,
Avec tes grands vaisseaux cinglant au loin sur l'onde,
Souffleter les tyrans et secouer le monde
Comme un manteau d'où tombe l'or.

Oui ; mais tu l'as voulu, Vénise, pauvre reine ;
Et les flots ont, un jour, brisé leur souveraine,
Et jeté sa couronne à des bords ennemis ;
Et le bras d'un guerrier, qui vit dans nos mémoires,
A sa gloire a voulu joindre toutes tes gloires ;
Et la main de Dieu l'a permis.

Oui ; mais tu l'as voulu, Vénise, pauvre folle,

Et tes canaux déserts ne voient plus la gondole
Passer riche de soie et pleine de refrains ;
Et tes palais croulants emplissent tes lagunes ;
Et tu pleures, le soir, assise sur tes dunes,
Ton front pâle dans tes deux mains.

Quand donc viendra pour toi le jour de délivrance ?
Quand rompras-tu le mors, instrument de souffrance,
Qu'à tes chevaux de bronze attachèrent les rois ?
Quand donc renaîtront-ils, ces temps de ton aurore ?
Temps glorieux ! les flots, berçant le Bucentaure,
Semblaient obéir à ta voix.

Ils renaîtront quand Tyr, la mère de Carthage,
Verra ses palais d'or renaître sur la plage
Où, depuis deux mille ans, ils gisent dispersés ;
Ils renaîtront quand Rome, au sein de ses ruines,
Reverra des Romains couvrir les sept collines,
Grands ainsi qu'aux siècles passés !

1843.

IV.

MÉDITATION.

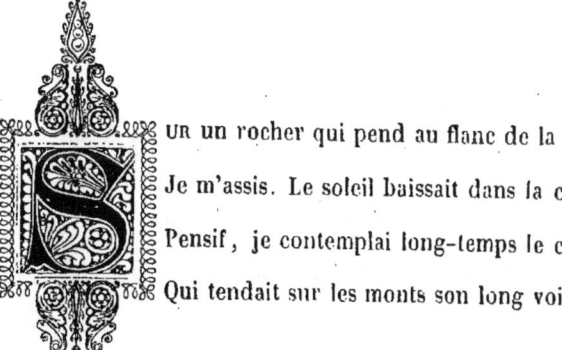

Sur un rocher qui pend au flanc de la montagne
Je m'assis. Le soleil baissait dans la campagne.
Pensif, je contemplai long-temps le ciel si pur
Qui tendait sur les monts son long voile d'azur

Où l'oiseau, qui passait ouvrant ses blanches ailes,
Semait, en se jouant, de pâles étincelles.
Des flots de pourpre et d'or, à l'occident vermeil,
Semblaient former la couche où s'endort le soleil.
Aucun nuage alors ne passait sur ma tête :
Le ciel était riant, joyeux comme une fête.

Et puis je regardai, sous mes pieds, le torrent
Dont les flots mugissaient dans les rocs, en courant.
L'écume, sur les bords où tournoyait la fange,
Formait tout alentour comme une sombre frange.
Quelques rochers parfois roulaient avec fracas.
Pas un rayon d'en haut ne tombait jusqu'en bas
Pour éclairer un peu, dans ce désordre immense,
La vague ou le rocher qui dans le fond s'élance.

Et je laissai long-temps ma rêverie errer ;
Et lorsque vint la nuit je me pris à pleurer,
Songeant que l'avenir, ou terrible, ou sublime,
Est bleu comme le ciel, ou noir comme l'abîme.

1842

V.

A M. VICTOR HUGO.

ADRESSE DES VOIX POÉTIQUES.

Hazebrouck.

MAITRE, j'ai suivi ta parole ;
Me voilà gravissant le mont ;
Et je n'attends plus l'auréole :
Déjà tu me l'as mise au front.

Oh ! qu'elle scintille et rayonne ! —
Comme la clarté de la nuit,
Elle émane de la couronne
Du flambeau sacré qui la luit.

28 janvier 1843.

VI.

LE PEUPLE.

SAVEZ-VOUS ce que c'est que le Peuple ? vous tous
Qui voudriez le voir rampant à vos genoux ,
Qui lui jetez la boue au front , dans votre audace ,
Et qui ne pouvez point salir sa noble face.

Oh ! le Peuple n'est pas ce que vous le pensez,
Une tourbe grossière, un ramas d'insensés,
Un bourbier dangereux, un égout, une fange
Où l'on voit s'agiter quelque reptile étrange.
Le Peuple ! c'est le cœur de chaque nation
Où naît toute puissante et noble impulsion ;
C'est la main qui nourrit ; c'est le bras qui travaille ;
Le sein qui va s'offrir aux coups dans la bataille ;
C'est le front qui, rempli de rêves glorieux,
Couve chaque penser qu'il va ravir aux cieux
Et que, sur les cités, la voix de son génie
Epanche, comme un baume, à longs flots d'harmonie.
Il n'a point de palais, mais c'est le moissonneur
Qui récolte, aux grands jours, les palmes de l'honneur,
Ces palmes que parfois volent des fronts de lâches
Comme pour s'effacer d'ineffaçables taches.
C'est lui qui tend la main aux jeunes libertés,
Qui brise sous ses pieds les tyrans redoutés.
Il ne se pare point d'un nom brillant de gloire
Pour voiler le forfait ou la trahison noire,
Pour prétendre, malgré la bassesse du cœur,

Aux sentiments innés qui font seuls la grandeur ;
Non ! non ! mais il a, lui, comme un foyer de vie,
Dans son cœur d'artisan, deux choses : la Patrie,
Sa mère, qui lui met chaque fois à la main,
Pour punir qui l'outrage, une verge d'airain ;
L'Honneur qui le fait fort, qui l'échauffe et l'anime ;
L'Honneur qui le fait beau, car il le fait sublime.
Oh ! le Peuple ! c'est l'âme où toute gloire naît.
Il est plus grand qu'un roi, car c'est lui qui les fait !

1843.

VII.

A MA PETITE SŒUR.

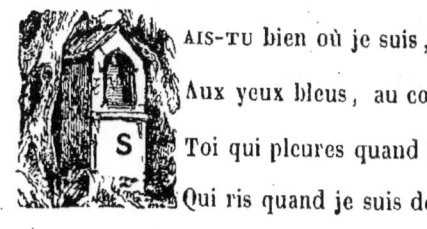

SAIS-TU bien où je suis, petite
Aux yeux bleus, au cœur plein d'amour;
Toi qui pleures quand je te quitte,
Qui ris quand je suis de retour.

Je suis bien loin, bien loin, en Flandre,
Pays aux vides horizons,
Où l'on ne voit nul rocher pendre
Sur les ravins, au flanc des monts;

Où l'on n'entend point de rivières
Se jouer avec mille voix ;
Où l'œil ne voit point de clairières,
Point de vallons, point de grands bois.

Où, debout sur quelque colline
Que l'oiseau ravit par son chant,
On ne peut, quand le jour décline,
Regarder au loin le couchant,

Et, rêvant aux mots qu'on échange,
Se rappeler tous les beaux jours
Où, près d'une sœur, petite ange,
On était si joyeux toujours.

C'est triste, va, bien triste même,

Plus triste qu'une sombre nuit,
D'être ainsi loin de ceux qu'on aime,
Seul avec son cœur et l'ennui !

Mais toi, petite sœur, la joie
Brille-t-elle sur ton front pur,
Où tes cheveux, comme la soie,
Pendent sous un réseau d'azur ?

Dis ! es-tu toujours aussi belle
Que lorsqu'entr'ouvant tes yeux bleus,
Ils jetaient comme une étincelle
Qui fesait ton grand frère heureux ?

Es-tu toujours aussi gentille
Que dans le temps où j'étais là ?
« Elle semble une grande fille ! »
Tout le monde disait cela.

Oh ! je voudrais te voir encore,
Telle qu'un joyeux papillon,

Courir, au retour de l'aurore,
Parmi les roses du vallon !

Sentir encor ta main si douce,
En passant, me fermer les yeux,
Ainsi que le soir, sur la mousse,
Lorsque nous reposions tous deux !

Je voudrais encore t'entendre
Chanter sous l'arbre du jardin ;
Ta voix est aussi pure et tendre
Que la voix des champs, le matin !

Te voir aux pieds de notre mère,
Tes deux mains jointes, à genoux,
Au Seigneur faire ta prière,
Appelant ses bienfaits sur nous !

Oui ! — Mais je suis loin du village,
Bien loin de toi, petite sœur,
Loin du tilleul au vert feuillage,

Bien loin du vallon de bonheur ;

Et je ne sais pas quand ma bouche,
Prenant une bien douce voix,
Ira t'éveiller dans ta couche,
Chaque matin, comme autrefois.

Peut-être alors, laissant guirlande
Et poupée aux brodequins d'or,
Seras-tu grande, hélas ! bien grande,
Toi qu'on voit si petite encor.

Sois toujours sage, douce, bonne,
Ainsi que les anges des cieux,
Pour qu'à mon retour à Sormonne,
Te revoyant, je sois heureux !

1842.

VIII.

Elle était à genoux près du pilier gothique.
— Que ne puis-je, ô mon Dieu ! toujours, toujours l'y voir ! —
Son front était baissé, pâle, mélancolique,
Comme un lis que la brise incline vers le soir.

Son voile à longs replis pendait sur son épaule ;
Ses cheveux blonds bouclés roulaient sur son cou blanc.
On eut dit, couronné d'une sainte auréole,
Un ange, devant Dieu, de l'aile se voilant.

Quel penser s'agitait dans le fond de son âme ?
Quelle prière au ciel s'élevait de son cœur ?
Parfois dans ses yeux bleus passait comme une flamme,
Et sa bouche disait comme un mot de bonheur.

Oh ! dans ton temple alors, mon Dieu, qu'elle était belle,
Rêvant des jours de paix, mains jointes devant toi !
Comme pour une sœur, moi, je priais pour elle :
Prîra-t-elle jamais pour moi !

1843.

IX.

CONSEIL A UNE JEUNE FILLE.

VIERGE, écoute ma voix ; car ta face est ornée
Déjà de tous les dons de ta quinzième année ;
Te voilà grande et belle, et parfois ton œil noir
Paraît, plein de rayons, rêver un long espoir.

Hélas ! bien peu de temps suffirait, jeune fille,
Pour éteindre chez toi tout ce bonheur qui brille.
Viens donc ; et, sous ce chêne, à l'abri du soleil,
Ecoute-moi : ton âge a besoin d'un conseil.

D'abord, fuis les plaisirs où le monde se vautre,
Où l'on brave le Christ, où l'on nargue l'apôtre.
Fuis ces réunions que hantent les méchants,
Où, parmi les propos, les rires et les chants,
On entend chaque soir, comme un dard qui s'élance,
S'agiter et piquer la noire médisance ;
Car, pareil à la peste au vol contagieux,
Le vice, monstre impur, passant devant les yeux,
Y jette à tous les cœurs, que le démon opprime,
Avec l'oubli du ciel le mensonge et le crime.

Recherche les vallons pleins d'odeurs et de voix,
Où la fleur du gazon, le rossignol du bois,
Se penchant sur le lac dont l'onde les reflète,
S'unissent pour parler à notre âme inquiète.
Il est si doux, tu sais, d'aspirer, le matin,
La brise de la plaine et le parfum du thym !

On aime tant à voir, au-dessus de sa tête,
Un beau ciel qui sourit, pur de toute tempête!
C'est là que chaque jour, sous le feuillage épais,
Mettant ta joie en Dieu, tu trouveras la paix.
Ce n'est pas tout : choisis une douce compagne,
Et souvent avec elle, au sein de la montagne,
De chaumière en chaumière en dirigeant tes pas,
Porte au vieillard souffrant le pain de son repas.
— Donner à qui languit dans sa misère extrême,
C'est, retiens bien cela, se donner à soi-même. —
Et puis, après avoir parcouru, tout le jour,
Le vallon paternel et les monts d'alentour,
Comme un ange portant des bienfaits à la terre,
Va reposer enfin sous l'aile de ta mère,
Et, lui faisant goûter un peu de ton bonheur,
Epancher, comme à flots, tout ton cœur dans son cœur.

Si d'aimer tu ressens le besoin dans ton âme,
Aime quelque front pur où le ciel mit sa flamme,
Un beau jeune homme éclos comme toi dans les champs,
Qui n'ait au fond de soi point de mauvais penchants;

Aime-le sans détour ainsi qu'on aime un frère,
Un soutien, un appui, quand la vie est amère;
Mais fuis, je le répète, et le monde et son bruit!
Car lorsque les impurs, qui rampent dans sa nuit,
T'auraient salie, enfin, au contact de leur fange,
Toi le rayon d'en-haut, toi la vierge, toi l'ange,
Il te faudrait des ans pour te laver, vois-tu,
Et pour te revêtir de paix et de vertu.

1843.

X.

A MADEMOISELLE ***.

HOMMAGE DES VOIX POÉTIQUES.

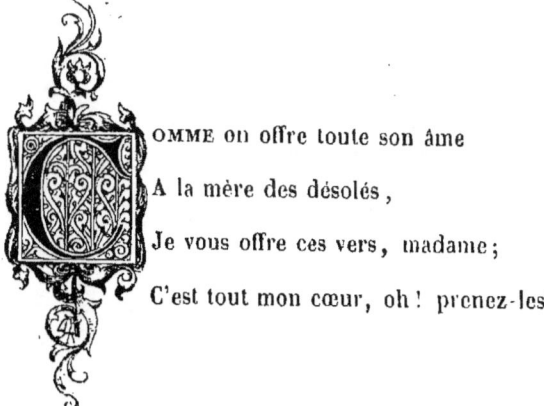

COMME on offre toute son âme
A la mère des désolés,
Je vous offre ces vers, madame;
C'est tout mon cœur, oh! prenez-les!

Quand j'ai dit les chants de ma lyre,
Dans nos bois, aux brises du soir,
Si j'avais eu votre sourire
Ces chants rayonneraient d'espoir.

Quelques-uns m'offrent des louanges.
Qu'attendrai-je de votre cœur ?
Homme, moi, j'espère des anges
Un peu d'amour — et le bonheur.

1843.

XI.

LE VIEILLARD.

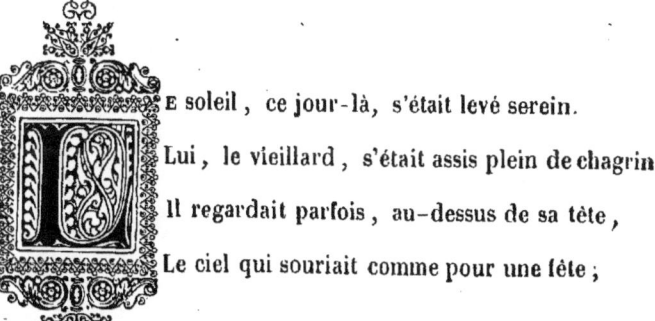

Le soleil, ce jour-là, s'était levé serein.
Lui, le vieillard, s'était assis plein de chagrin
Il regardait parfois, au-dessus de sa tête,
Le ciel qui souriait comme pour une fête;

Puis, abaissant sur lui son regard de douleur,
Il semblait s'écrier dans son âme : ô malheur !
Et demander à Dieu, qui voit toute misère,
Un peu de ce repos qu'il verse sur la terre.

O malheur ! — En effet, qu'il avait dû souffrir !
Sur son front on voyait mille rides courir ;
Ses larmes, en roulant sur son maigre visage,
Semblaient s'être creusé sur la joue un passage ;
Sa lèvre contractée était sans mouvement,
Et froide de paleur comme au dernier moment ;
Sous sa barbe blanchie, à flocons épanchée,
Perçait son pauvre sein, poitrine desséchée,
Où l'on voyait à peine encor battre son cœur,
Comme un vase où ne bout qu'un reste de liqueur.
Plus de feu dans ses yeux, de cheveux sur sa tête !
On aurait dit, enfin, que l'humaine tempête
Avait soufflé sur lui tous les maux d'ici-bas,
Tant il était brisé ! tant il paraissait las !

Il s'était donc assis sous l'arbre de la route,
Haletant, sans parole ; et l'oiseau, dans la voûte,

Parmi les fleurs de l'arbre en s'approchant craintif,
Sur sa tête semblait verser un chant plaintif ;
Et la branche, abaissant sur son front son feuillage,
Semblait vouloir sur lui répandre plus d'ombrage.
Seul, l'homme qui passait détournait son regard ;
De consolation il refusait sa part ;
Comme si ce vieillard, que brisait la souffrance,
N'eut pas valu de lui quelques mots d'espérance ;
Comme si ce vieillard, que dévorait la faim,
N'eut pas valu de lui quelques miettes de pain !
O mon Dieu ! les oiseaux, les arbres de la terre,
Comprendraient-ils donc mieux que l'homme la misère !

— Oui, c'est qu'il avait faim ; car, depuis deux grands jours,
De cités en cités, il errait sans secours.
En vain il demandait au riche, en son voyage,
Un coin pour sommeiller, pour vivre un peu d'ouvrage ;
Le riche lui disait : « Va-t-en de mon chemin ! »
Et lui, pour mendier, ne tendait pas la main.
Oh ! oui, c'est qu'il souffrait ! car, au fond de son âme,
Il revoyait toujours son enfant et sa femme,

Disant : « J'ai faim ! j'ai faim ! » mourir entre ses bras,
Sans pouvoir leur crier : voici votre repas ! —

Et le soleil baissait ; et toujours en silence
Le vieillard regardait briller la voûte immense.
Il n'attendait plus rien des hommes désormais.
C'était au Dieu d'en-haut qu'il demandait la paix ;
Car il savait que Dieu, dans sa bonté suprême,
Place à côté de lui les malheureux qu'il aime.

Quand il eut bien, des yeux et de l'ame à la fois,
Contemplé ce beau ciel plein d'oiseaux et de voix ;
Ce soleil qu'un nuage, en son flanc large et sombre,
Avait voilé, jetant sur la terre son ombre,
Il se mit à genoux, et, le cœur plein d'espoir,
Avant la mort, il fit la prière du soir :

« Mon Dieu, tu l'as voulu, j'ai souffert dans le monde.
« Le malheur sur mon front, comme un autan qui gronde,
« En tout temps a soufflé la désolation ;
« Mes jours furent une ombre épaisse et sans rayon.
« Tu m'as repris de suite et l'enfant et la mère ;

« Eh bien ! quoiqu'en ces temps ma coupe fut amère,
« J'ai plié les genoux comme au pied du Thabor ;
« Je t'ai béni, mon Dieu : je te bénis encor.
« Ecoute donc la voix du mourant qui t'appelle
« Et que déjà ton ange emporte sur son aile :
« Oh ! pardonne à ceux-là qui chassent le vieillard,
« Qui pour tous ses chagrins n'ont pas un seul regard,
« Et protège, ô mon Dieu ! les malheureux, mes frères !
« Délivre-les du joug pesant de leurs misères,
« Pour qu'ils puissent enfin, dans la paix de leur cœur,
« Te louer tous les jours, te bénir, ô Seigneur !... »

Un dernier rayon d'or, doux et divin symbole,
Vint luire sur sa tête ainsi qu'une auréole ;
Et l'oiseau dans la branche, abaissant son accord,
Sembla toute la nuit gémir un chant de mort.

1843.

XII.

LAISSEZ-MOI ! laissez-moi ! car voici qu'elle passe.
Oh ! qu'elle est belle avec ce satin qui l'enlace !
Que sa démarche est noble et son air gracieux !
Pour la voir tous les jours passer, sylphide chère,

Ne donnerait-on pas tout ce qu'on a sur terre,
Et tout ce qu'on espère aux cieux ?

J'aime tant son pied frêle et sa frêle stature !
Et, sur son cou de lis, sa blonde chevelure !
Et sa voix pour mon cœur douce comme du miel !
Mes deux yeux aiment tant à voir ses yeux de flamme
Jeter en longs regards de ces pensers de l'âme
Qui brûlent comme un feu du ciel !

Oh ! moi, je l'aime tant que je n'aime plus qu'elle !
Poésie, avenir, gloire, palme immortelle,
Rayons que le génie un jour peut obtenir,
Moi, j'ai tout oublié ; l'aimer, l'aimer sans cesse,
Rêver dans son regard ma joie et mon ivresse,
Voilà toute ma gloire et tout mon avenir.

1843.

XIII.

À L'OCÉAN.

Dunkerque.

Comme te voilà fort, Océan que l'orage
Soulève et fait bondir sur le sombre rivage !
Le rocher, sous ton poids qui le frappe à grands coups,
Chancelle sur l'abîme où mugit ton courroux.

Le vaisseau démâté, comme un oiseau sans ailes,
Tourbillonne englouti par tes vagues cruelles.
Comme ils sont forts tes flots ! D'où viennent-ils, dis-moi,
Quand ils roulent ainsi, bien plus puissants qu'un roi
Qui brise tout sous lui, que nul pouvoir n'arrête ?
Que nous disent les mots que leur grande voix jette,
Lorsqu'au milieu des nuits, sous le feu des éclairs,
Ils grondent en passant, immenses, dans les airs ?
Aux peuples opprimés parlent-ils d'espérance ?
Montrent-ils aux tyrans sur leur front la vengeance ?
Se font-ils les échos de chaque nation
Qui crie ici : bonheur ! là : malédiction !
S'il est vrai, flots puissants, oh ! portez pour offrande
La haine à l'Angleterre et l'amour à l'Irlande.

1843.

XIV.

L'ORAGE.

LA nuée a crevé, la nuit, sur la montagne.
L'ouragan a soufflé, le tonnerre a grondé;
Et les troupeaux, épars en bas, dans la campagne,
Ont quitté le vallon par la trombe inondé.

Quel tumulte, quels bruits roulaient avec l'orage!
Les torrents mugissaient dans les gouffres béants;
Les grands pins, qui luttaient dépouillés de feuillage,
Gémissaient, en tombant, ainsi que des géants.

Parfois on entendait comme une voix plaintive
S'élever, puis mourir au milieu du grand bruit.
Etait-ce le flot sombre expirant sur la rive?
Ou le pâtre tombé dans les ravins, la nuit?

Un instant a suffi: voilà tout en ruine.
Plus de chants, plus d'oiseaux, plus d'ombre, plus de fleurs!
Les rocs comblent l'étang enfui de la colline;
La fange est sur les prés, la mort est dans les cœurs.

Quand renaîtront ces lieux frappés par ta colère?
Si tu le veux, Seigneur, demain tout sera beau,
Demain tout chantera dans le bois séculaire;
Oui, tout! — hormis, peut-être, un vieux pâtre au tombeau.

1843.

XV.

AIMER.

A ***.

L'HOMME qui passe dans la vie
Sent comme un besoin, chaque jour,
De noyer son âme ravie
A la coupe de quelque amour.

Il sait que c'est dans ces calices,
Par un ange emplis jusqu'au bord,
Qu'on boit les terrestres délices,
Qu'on trouve l'oubli de la mort.

L'un aime les blanches étoiles
Qui, dans le calme de la nuit,
Se baignent, pures et sans voiles,
Au lac qui les berce sans bruit;

L'oiseau gazouillant des collines,
Les jaunes blés sur le sillon,
Le lierre qui pend aux ruines,
La fleur qui rit sur le gazon.

L'autre aime les hautes montagnes,
D'où l'on regarde les hameaux
S'étendre au loin dans les campagnes,
Aux bords ombragés des ruisseaux;

La vague écumeuse et rapide

Qui bondit sur le dos des mers
Comme une cavale intrépide
Sur le sable de ses déserts.

Au-dessus des flots et des roses,
Des hameaux au lointain beffroi,
Moi, dans mon cœur, j'aime deux choses :
Dieu le maître du monde — et toi.

Dieu, car c'est lui qui fit la terre,
Le soleil et la fleur des champs,
Et l'océan plein de mystère,
Et la forêt pleine de chants.

Dieu, car c'est lui qui te fit belle,
Qui m'appela sur ton chemin,
Qui jeta, comme une étincelle,
L'amour rayonnant dans ton sein.

Toi, parce que ta voix si douce

Vient, comme un soupir du vallon,
Me parler du ciel, sur la mousse,
Quand je contemple l'horizon.

Toi, parce que toujours ton âme
Comme un astre luit dans tes yeux ;
Toi, parce que ton front de femme
Est blanc comme un lis sous les cieux.

Toi, car chaque soir ton haleine,
Se jouant suave d'odeurs,
M'est comme un souffle de la plaine
Qui goûte au calice des fleurs.

Toi, parce que, comme les anges
Qui versent le bonheur au ciel,
Dans mon cœur, plein de tes louanges,
Ici-bas tu verses le miel.

1845.

XVI.

LE DÉSERT.

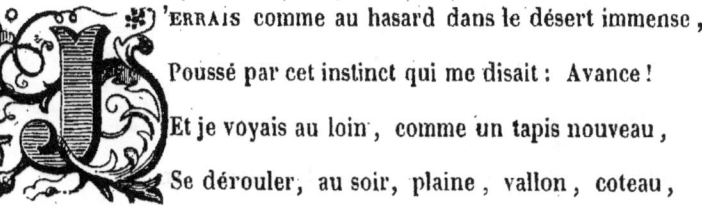

J'errais comme au hasard dans le désert immense,
Poussé par cet instinct qui me disait : Avance !
Et je voyais au loin, comme un tapis nouveau,
Se dérouler, au soir, plaine, vallon, coteau,

Avec leurs demi-jours, leurs ombres, leurs dorures;
Leurs lacs de sables blancs, leurs îles de verdures
Où mille oiseaux légers, dont la plume reluit,
Volant, sautant, cherchaient leur couche pour la nuit.

Là le fleuve aux cent voix, courant dans les savanes,
Fesait chanter en chœur ses vagues diaphanes;
Ici le frôlement des brises des forêts
De mots délicieux remplissait les cyprès;
Eclairés à demi par un rayon propice,
Des rocs pendaient plus loin au bord du précipice,
Où, pleine de fureur, dans l'abîme roulant,
Bondissait la cascade au front étincelant.
Et puis c'étaient, au pied de la verte colline,
Tranquille, inoffensif, le bison qui rumine;
Les chevreuils, à ma voix, surpris, épouvantés,
Qui fuyaient, vers les monts, à bonds précipités;
Ou, près du grand ravin où l'érable se penche,
La chèvre qui broutait attachée à la branche,
Et qui, se balançant sur les rochers du bord,
Pouvait, cherchant la vie, hélas! trouver la mort.

Plus loin, le papaya rayonnant, magnifique,
Se dressait dans les airs comme un pilier antique,
Dont le chapiteau vaste, élevé par les dieux,
Semblait, dans le désert, porter le poids des cieux.
A côté se pressaient le pin, le sycomore,
Le magnolia, beau des couleurs de l'aurore,
Le myrte, le baumier, le saule des vallons,
Où courait la liane en verdoyants festons.
Et tous entrelaçaient leurs fleurs et leur feuillage,
Comme, dans une fête, on voit, sur le rivage,
S'entrelacer parfois, dans leurs jeux amoureux,
Le guerrier au teint noir, la vierge aux blonds cheveux.
Le soleil, s'abaissant plus haut, dans la clairière,
Inondait la forêt de vagues de lumière,
Qui, passant par la branche au feuillage mouvant,
Semblaient, sur mille fleurs, rouler au gré du vent.

Et par-delà les bois, les rochers, les vallées,
Les montagnes dressaient leurs crêtes dentelées,
Dont les formes, tremblant dans la brume du soir,
Fumaient dans le lointain, ainsi qu'un encensoir.

Alors mon âme, émue à ce sacré spectacle,
Se recueillait devant l'auguste tabernacle,
Où la face de Dieu, pleine de majesté,
Brillait dans chaque objet, vivante de clarté;
Et du fond du désert il me semblait entendre
Les sublimes accents de sa voix forte et tendre;
Je croyais voir briller, au-dessus de mon front,
Un soleil bien plus doux, un ciel bien plus profond;
Et sur ma lèvre froide était un doux sourire,
Et mon cœur palpitait, rempli d'un saint délire,
Et des pleurs de bonheur, longs et silencieux,
Sur mon visage ému ruisselaient de mes yeux.

1841.

XVII.

LE VER LUISANT.

— D'APRÈS PFEFFEL. —

1844.

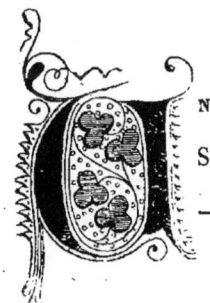

Un ver luisant dormait, de lueur revêtu.
Sans bruit vint un crapaud : sur lui son venin tombe.
— Hélas ! que t'ai-je fait ? dit le ver qui succombe.
— Pourquoi rayonnais-tu ?

XVIII.

LE RÉVEIL.

MÈRE, entends tu? l'airain sonore
Résonne dans la vieille tour,
Pour nous annoncer que l'aurore
Au teint vermeil est de retour.

Ecoute, dans le vert bocage,
Ces longs hymnes mélodieux ;
C'est l'oiseau qui, sous le feuillage,
Jette un cri d'amour vers les cieux.

Plus tranquille, dans la prairie
Le clair ruisseau vient murmurer ;
A travers la branche fleurie
Le vent, plus doux, vient soupirer.

Tout ce qui vit dans la nature
Loue, au matin, le Créateur ;
Tout, d'une voix touchante et pure,
Prie ou célèbre le Seigneur.

Et nous, resterons-nous, ma mère,
Froides devant tous ses bienfaits ?
N'aurons nous pas une prière
Au fond de nos cœurs satisfaits ?

Oh ! si ; car tu me dis sans cesse :

« Prie, enfant, et matin et soir,
« La prière éteint la tristesse,
« Et donne à l'âme de l'espoir. »

Et comme toi, mère, je prie.
Au ciel je demande à genoux
Pour tous le bonheur de la vie,
Puis la joie et la paix pour nous.

Ainsi qu'un pur encens qui fume
Notre voix monte donc à Dieu ?
Et de ses pieds, qu'elle parfume,
Descend donc un rayon de feu ?

Doux rayon ! c'est lui qui console
La mère et les petits enfants,
Et tous ceux qui vont, sous le saule,
Sur un tombeau pleurer long-temps.

Souvent, du moins, tu le répètes ;
Car, moi, vois-tu, je n'en sais rien ;

Le Dieu qui commande aux tempêtes
Ne me dispense que le bien.

Je suis comme une tendre rose
Que fait naître un rayon d'espoir :
Mon cœur, tranquille encor, repose
Sans songer au souffle du soir.

Mais si la cuisante souffrance
Quelque jour m'ôtait le bonheur,
Je gémirais dans l'espérance,
Car, moi, je prîrais le Seigneur.

1842.

XIX.

A M. AUG. L***.

Ami, lorsque je vois aux cités, quand je passe,
En tous sens courir l'homme et le chien sur la place ;
L'homme dont rien jamais n'émeut les yeux d'airain,
Qui brise sous ses pieds la mère, l'orphelin ;

Le chien qui va, portant à tous une caresse,
Aux malheureux surtout rendre un peu d'allégresse;
Alors je deviens triste, et, m'inclinant le front,
Je pense, hélas! à tout ce que les hommes font,
Aux misères du peuple, à ses maux, ses alarmes,
A ces mains qui pourraient sécher toutes ses larmes,
Mais qui les font couler; et je dis: — O Seigneur!
A qui donc pour aimer as-tu donné le cœur?
Pour qui donc as-tu fait la vertu sur la terre?
A qui donc as-tu dit: homme, voilà ton frère?
Pour qui l'astre du ciel et la fleur du gazon?
Pour qui le seul instinct et pour qui la raison?
Oh! vois! tout est changé dans les temps où nous sommes:
Les hommes sont les chiens, et les chiens sont les hommes.

1843.

XX

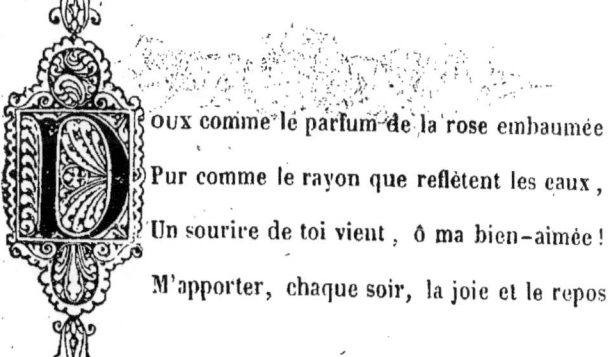

Doux comme le parfum de la rose embaumée ,
Pur comme le rayon que reflètent les eaux ,
Un sourire de toi vient , ô ma bien-aimée !
M'apporter, chaque soir, la joie et le repos.

Suave Eden caché le long de la colline,
Que la vallée est belle avec ses fleurs d'été !
Plus belle que ces fleurs dont la coupe s'incline,
Tu réjouis mon âme ivre de ta beauté.

Regarde sur nos fronts le ciel bleu te sourire ;
Pas un flot de vapeur ne ternit son azur :
De même ton regard, que le bonheur fait luire,
Etincelle pour moi, toujours doux, toujours pur.

1843.

XXI.

PAUVRE JEUNE HOMME.

Il était triste, sombre, inquiet dans le monde,
Car il sentait en lui comme un vide mortel.
Il n'aimait point les champs, ni les oiseaux, ni l'onde ;
Il n'aimait point le jour, il n'aimait point le ciel.

Que lui fesait la fleur au pied de la colline !
L'étoile s'allumant le soir à l'horison !
Que lui fesait le flot qu'un rayon illumine,
Et qui baigne, en chantant, le splendide gazon !

Hélas ! à tout parfum son âme était fermée.
Nulle lueur d'en-haut n'éblouissait ses yeux.
L'espoir de son enfance, ainsi qu'une fumée,
Etait, oui, pour toujours, envolé loin des cieux.

Ce qu'il aimait, c'était la nuit pesante et sombre,
Le bal où, par moment, il croyait s'étourdir,
Les bruyantes cités où, perdu dans le nombre,
Il marchait sans penser, il vivait sans sentir.

C'était ces longs festins qu'ordonne la licence,
Où, le vin sur la lèvre, on célèbre l'amour ;
C'était...... — Dieu de bonté, pardonne à son enfance !
Ce n'était point le ciel, ce n'était point le jour.

Voilà pourquoi sitôt son âme s'est flétrie ;

Pourquoi, seul, à vingt ans, sans désir, sans espoir,
Il s'écriait souvent : Que faire de la vie?
Voilà pourquoi la mort l'a pris avant le soir.

Insensé, s'il s'était détourné, dans sa route,
Du gouffre par l'enfer entr'ouvert sous ses pas;
S'il avait, pour chasser loin de son cœur le doute,
Contemplé l'astre en haut et puis la fleur en bas.

S'il avait quelquefois courbé sont front à terre,
S'il avait devant Dieu plié les deux genoux,
S'il avait écouté les conseils de sa mère :
D'une mère pourtant les conseils sont si doux !

Mais non ; il s'est jeté corps perdu dans le monde.
La débauche bientôt vint lui tendre la main ;
Et, quand il eut un soir vidé la coupe immonde,
Il pâlit et tomba sur le bord du chemin.

Oh ! c'est que cette coupe, où l'on croit voir l'ivresse,
Contient, au lieu de miel, amertume et poison.

Et, quand on l'a goûtée, on boit, on boit sans cesse;
Puis soudain la mort vient sombre comme un démon.

Mon Dieu, pardon pour lui! pitié pour sa pauvre âme!
Il était, lui, si jeune et si faible, Seigneur,
Qu'il n'a pu résister à la voix de l'infâme;
Mais après il en a tant souffert dans son cœur!

1845.

XXII.

Hier elle pleura, sur mes genoux penchée.
Sa chevelure blonde, à longs flots épanchée,
De son cou pâlissant roulait jusqu'à mes pieds,
Tout humide des pleurs par ma bouche essuyés.

Elle passa long-temps, absorbée, en silence,
Sa main sur son beau front qu'abattait la souffrance,
Comme pour en chasser quelques pensers affreux ;
Puis, levant, pleins d'amour, vers les miens ses grands yeux,
Soudain elle me dit, avec sa voix de femme,
De ces mots délirants qui font frissonner l'ame,
Et jettent tout-à-coup tant de troubles au cœur
Qu'on ne sait si l'on doit croire à tant de bonheur :

« — Que le monde est méchant avec son faux sourire !
« Si tu savais de toi ce que l'on vint me dire !
« Oh ! jamais, n'est-ce pas, tu ne me quitteras ?
« Toujours à mes côtés, toujours tu resteras !
« Dis-le moi ! dis-le moi ! car, vois-tu, ton absence
« Me briserait bien vite ! alors quelle souffrance !
« Non, tu ne voudrais pas, me laissant seule ici,
« T'en aller pour toujours, loin, bien loin, seul aussi !
« Non, tu ne voudrais pas, toi, déchirant ma vie,
« A la tombe, pieds nus, pousser ta *** !
« Tu le sais, il me faut, à toute heure du jour,
« Ta vue et ton regard, ta voix et ton amour,
« Ton amour qui grandit et fait l'âme poëte.....

« O mon Dieu ! détournez le mal de notre tête !
« Qu'ils viennent, ces méchants, te séparer de moi !
« Tu m'aimes, n'est-ce pas? »
« — Oh ! oui, je t'aime, toi ! »

Et son œil rayonna d'une lueur divine ;
Et son bras m'étreignit d'amour sur sa poitrine ;
Et je sentis son front, à travers ses cheveux,
Se coller tout brûlant à mes lèvres en feux.

Nos deux âmes ainsi burent long-temps l'ivresse.
Ensuite je lui dis, lui rendant l'allégresse :
« Moi, te quitter et fuir, doux ange de bonheur !
« Moi, déchirer ton sein, te jeter la douleur,
« Briser tout cet amour que ta belle âme épanche
« Sur mes jours, te couvrir, toi si pure et si blanche,
« Pour toujours du malheur comme d'un noir manteau !
« Moi, ne plus t'adorer ! moi, t'ouvrir le tombeau !
« Oh ! non. Plutôt l'abîme, où le flot gronde et fume,
« Me broyer sur le roc comme un flocon d'écume ! »

1847

XXIII.

AUX GRANDS.

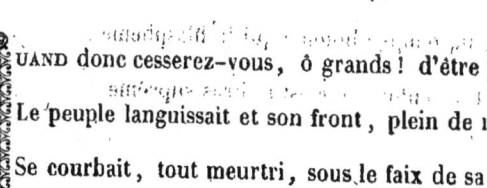

QUAND donc cesserez-vous, ô grands ! d'être perfides ? —
Le peuple languissait et son front, plein de rides,
Se courbait, tout meurtri, sous le faix de sa croix ;
Il éleva vers vous et ses mains et sa voix,

Car il croyait trouver, au fond de vos poitrines ;
Pour ses maux, l'espérance et la pitié divines.
Et vous le lui disiez. Et voilà que soudain,
Au lieu de la bonté qui chasse le chagrin,
Il ne trouve chez vous que bassesse et que crime.
Vous promettiez le ciel : vous lui donnez l'abîme ;
Et, dans ces longs tourments par vous précipité,
Vous ne lui laissez rien, ni jour, ni liberté.
Vous voulez l'étouffer ; nul cri ne vous arrête ;
Et, du fer de vos pieds, vous lui broyez la tête,
Comme s'il était, lui, toujours trop bon pour vous,
Un monstre dévorant chacun dans son courroux.
Oh ! pourtant, pensez-y ! Qui veut saper sa base
Doit tomber tôt ou tard, et la base l'écrase.
Car il est, dans ce ciel que vous ne voyez pas,
Un Dieu juste et vengeur, et qui regarde en bas.
Il laisse faire un temps l'homme qui le blasphème ;
Son bras se lève enfin, et c'est le bras suprême.

Or, moi, je vous le dis : Qui ne croit pas en Dieu,
Et méprise sa loi, périra par le feu ;

Et les vents jetteront partout sa cendre infâme
Sur ce globe effrayé d'avoir porté son âme ;
Et ses fils, s'il en a, criminels, insensés,
Seront comme les Juifs en tous lieux dispersés,
Et que chacun repousse, et qui, pleins de misère,
Se traînent dans la vie en maudissant leur mère.

1844.

Deuxième Partie.

I.

LUI.

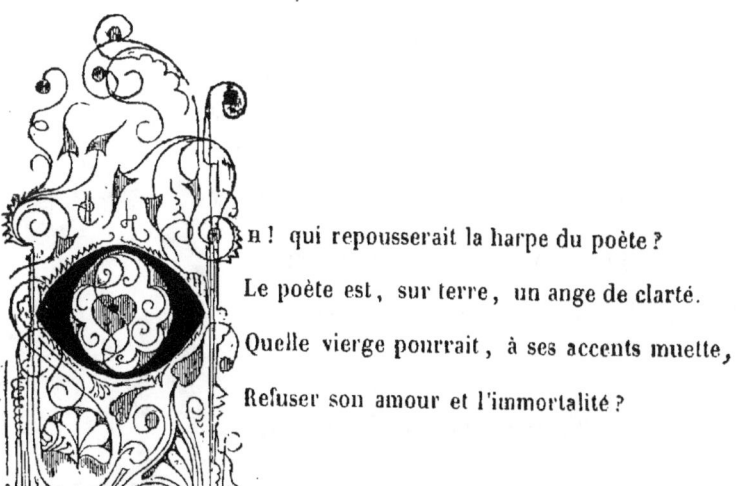

Oh ! qui repousserait la harpe du poète ?
Le poète est, sur terre, un ange de clarté.
Quelle vierge pourrait, à ses accents muette,
Refuser son amour et l'immortalité ?

C'est lui qui, tous les jours, au monde qui l'écoute,
Redit ces mots brûlants qu'un Séraphin, la nuit,
Lui trace avec du feu dans la céleste voûte,
Et que son cœur comprend lorsque cesse tout bruit.

C'est lui qui, vers le soir, aux échos de la rive
Fait répéter souvent d'harmonieux accords,
Semblables au doux bruit de la vague plaintive
Qui vient, pleine de voix, gazouiller sur les bords.

C'est lui qui, sur les monts, debout dans les ruines,
Voilant son front chagrin du pan de son manteau,
Jette un cri de malheur qui trouble les collines,
Et qu'entendent les morts du fond de leur tombeau.

C'est lui qui, près de l'âtre où le foyer scintille,
Fait rêver bien souvent la vierge aux yeux d'azur,
Lorsqu'une douce voix, seule dans la famille,
Lit, le soir, quelque chant mystérieux et pur.

C'est lui qui fait parfois, lorsque sa voix s'élève,

Gronder dans les cités ces flots tumultueux
Qui vont un soir briser un règne qui s'achève
Et qui, plein de forfaits, roule au gouffre écumeux.

C'est lui qui sait si bien dire ce que sent l'âme,
Peindre les doux transports qui ravissent le cœur;
C'est lui qui sait si bien aimer l'ange et la femme,
Êtres qui ne font qu'un au banquet du bonheur.

C'est sa voix qui conduit les guerriers à la gloire;
C'est son cœur qui gémit sur le bord d'un cercueil.
Il a pour les vivants des hymnes de victoire,
Pour ceux qui ne sont plus, des paroles de deuil.

C'est lui qui, sur le front que sa harpe célèbre,
Fait descendre d'en-haut un rayon éternel,
Et qui, lorsque la nuit vient pleine de ténèbre,
Fait scintiller ce front comme une étoile au ciel.

Oh! qui repousserait la harpe du poète?
Le poète est, sur terre, un ange de clarté.

Quelle vierge pourrait, à ses accents muette,
Refuser son amour et l'immortalité ?

1842.

II.

LA CASCADE.

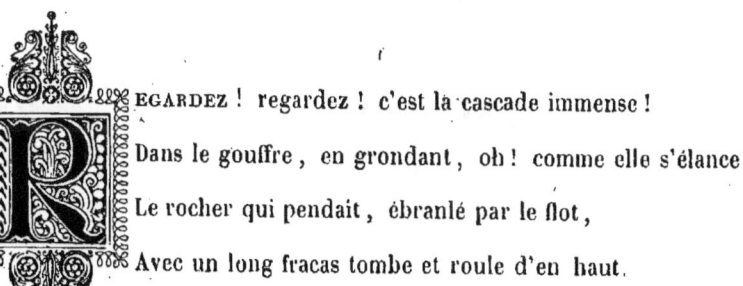

REGARDEZ ! regardez ! c'est la cascade immense !
Dans le gouffre, en grondant, oh ! comme elle s'élance !
Le rocher qui pendait, ébranlé par le flot,
Avec un long fracas tombe et roule d'en haut.

L'abîme dévorant mugit, se tord, écume ;
Comme une ville en feu sous la tempête, il fume.
Que de rayons brisés, sous le soleil qui luit,
Etincellent ainsi que des éclairs, la nuit !

— Ne croirait-on pas voir, vainqueur dans la carrière,
Un géant qui du pied fait voler la poussière,
Et qui, dans son orgueil, levant un front vermeil,
Avec des yeux de feu regarde le soleil ?

1842.

III.

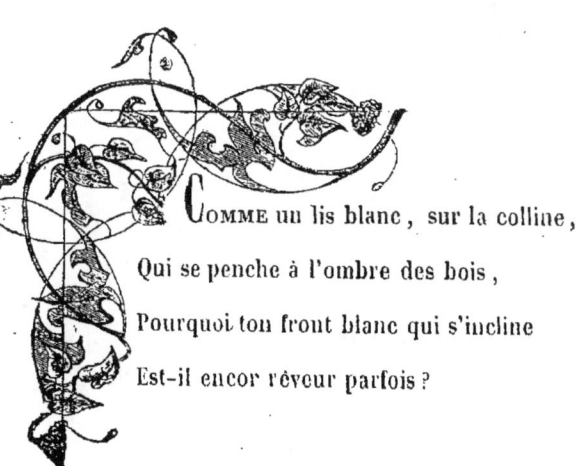

Comme un lis blanc, sur la colline,
Qui se penche à l'ombre des bois,
Pourquoi ton front blanc qui s'incline
Est-il encor rêveur parfois ?

Pourquoi ton regard vers la terre,
Quand je te contemple sans bruit,
Tombe-t-il, couvert de mystère,
Ainsi qu'un rayon de la nuit?

Dis, douce fleur de ma vallée!
Pourquoi cette ombre de douleur
Au fond de ton âme voilée?
Hier j'y voyais tant de bonheur!

Serait-ce que la solitude
Où nous puisons notre repos,
N'a plus pour toi qu'un sentier rude
Dépouillé de fleurs et d'oiseaux?

Notre beau soleil qui se lève
Ne montre-t-il plus à tes yeux
Insectes s'aimant sur la grève
Comme alouettes dans les cieux?

Oh! relève ton front qui penche!

Regarde : le ciel est si pur ! —
Ainsi qu'au ruisseau la fleur blanche,
Je me vois dans tes yeux d'azur.

Ces roses que ma main apprête,
De rosée humides encor,
J'en veux parer ta bonde tête,
Comme d'une couronne d'or.

N'es-tu pas, toi, ma souveraine ?
La reine des anges d'en-bas ?
Et ne vois-tu pas, dans la plaine,
Tout s'incliner devant tes pas ?

Que ce sourire de ton âme
Sur tes lèvres m'apparait doux ! —
Dis-moi : « Je t'aime ! » — Douce femme,
Oh ! moi, je t'aime à deux genoux !

Je t'aime autant que la lumière,
Autant que ton cœur hait le fiel,

Autant qu'on peut aimer sa mère,
Autant qu'on peut aimer le ciel !

Comme les fleurs de la prairie
Exhalent les parfums du soir,
Ton amour exhale ma vie,
Ta joie exhale mon espoir.

Ne laisse donc plus l'allégresse
S'enfuir avec tous nos bonheurs :
Quand tu languis dans ta tristesse,
Dans ma tristesse, moi, je meurs.

1844.

IV.

SUR UN CRIMINEL.

VOYEZ ; comme son front est tranquille ! Son œil,
A l'aspect de ce corps arraché du cercueil,
Reste calme et serein. Nul remords ne le touche.
Sa parole est riante et ferme dans sa bouche.

Et pourtant il est là, lui, l'homme de granit,
Devant le tribunal qui juge et qui punit.
A chaque mouvement de son corps, des gendarmes
Dirigent sur son sein la pointe de leurs armes;
Car on le dit terrible; et s'il levait la main
Le plus fort tremblerait. Souvent sur le chemin,
Comme un ours affamé, l'œil allumé dans l'ombre,
Il guetta le passant; et, sous un manteau sombre,
Quand il entendait l'or tinter à chaque pas:
« A moi tout, ou la mort! » il avait tout, hélas!
Maintenant le voilà, sans que rien ne le navre,
Debout devant son juge, en face d'un cadavre;
Et son front est tranquille. — Est-il donc innocent,
Cet homme! — Mais voyez sur son bras; c'est du sang!
Il se trouble, il pâlit, il frémit de colère.
— Voilà le criminel .... il a tué sa mère!!!!

1844.

V.

LE DÉPART.

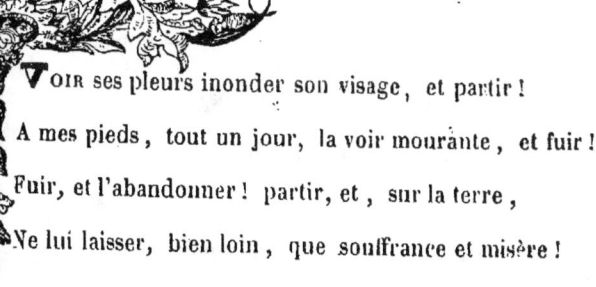

Voir ses pleurs inonder son visage, et partir !
A mes pieds, tout un jour, la voir mourante, et fuir !
Fuir, et l'abandonner ! partir, et, sur la terre,
Ne lui laisser, bien loin, que souffrance et misère !

L'ai-je fait? Ai-je pu, sourd à sa voix, hélas!
Moi-même, sans mourir, m'arracher de ses bras?
Ai-je pu déchirer son avenir de femme?
Ai-je pu, sous mon pied, broyer son cœur, son âme?
O mon Dieu! Dieu cruel, pour un jour de bonheur,
Que tu nous réservais à tous deux de douleur!

Ne le fallait-il pas? Car je ne suis pas libre
D'écouter les conseils du cœur dont chaque fibre,
Comme une voix du ciel, en moi parle d'amour;
Car, moi, je ne puis pas, ou la nuit, ou le jour,
M'enivrer, quand je veux, de l'air de la montagne,
Et, rêvant dans nos bois, auprès d'une compagne,
Sur nous faire descendre, avec un doux rayon,
Le suave bonheur du céleste vallon.
Non, non, je ne puis rien! Je ne suis qu'un esclave
Aux pas de qui toujours on attache une entrave,
Qui doit suer sa vie et sa joie ici-bas,
Et qu'on brise soudain lorsqu'il n'obéit pas.

Je partis donc. Alors dans mon cœur, dans ma tête,
Sans cesse s'élevait, grondait une tempête.

Mes yeux voyaient à peine, éteints dans tous leurs pleurs,
Mes amis, près de moi, tristes de mes douleurs.
Ils voulaient, mais en vain, me verser le dictame :
Leur voix n'arrivait plus alors jusqu'à mon âme.
J'étais comme un coupable, en la main du bourreau,
Qui, demi-mort déjà, s'avance à l'échafaud.

Oh ! je n'essaîrai pas de peindre ma souffrance,
Ces longs déchirements, cette douleur immense
Qui torturait mon cœur en ce moment affreux :
Plus que le monde entier, oui, j'étais malheureux !
Toujours je la voyais, du fond de ma pensée,
Devant moi, près de moi se rouler affaissée ;
Toujours je l'entendais me jeter de ces mots,
De ces mots déchirants qui disent mille maux ;
Je sentais ses cheveux, que la douleur délace,
Tout humides de pleurs, me coller à la face ;
Je sentais son baiser me brûler ; je sentais
Sa main m'étreindre encor comme quand je partais ;
Et puis — ô souvenir qui me frappe et me tue ! —
Je la voyais mourante, à mes pieds étendue,

Pâle, décolorée et semblable à la fleur
Qu'un orage soudain brise dans sa fureur.
Et je maudissais tout, et le ciel, et la terre;
Et je me déchirais le front, plein de colère;
Et je pleurais, pleurais, voulant, dans mon transport,
Sa vue ou le néant, son amour ou la mort!

Long-temps on m'entraîna. Telle qu'une hirondelle
La voiture volait, m'emportant bien loin d'elle.
Deux fois la nuit revint couvrir de son manteau
Les arbres du chemin fuyant comme un troupeau;
Et toujours les coursiers, soulevant la poussière,
Pressés, aiguillonnés, dévoraient la carrière.
Lorsqu'enfin, épuisés, ils tombèrent un soir,
Je fus ici jeté, mourant et sans espoir.

1843.

VI.

LA CANADIENNE.

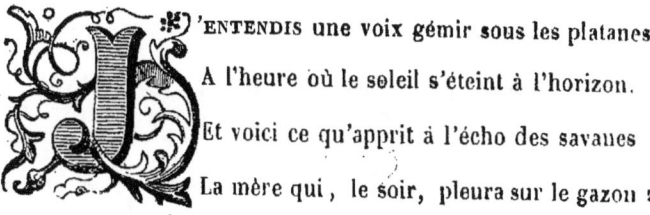

J'ENTENDIS une voix gémir sous les platanes,
A l'heure où le soleil s'éteint à l'horizon.
Et voici ce qu'apprit à l'écho des savanes
La mère qui, le soir, pleura sur le gazon :

Hier dans le désert immense
J'errais joyeuse loin du bruit ;
Aujourd'hui, pleine de souffrance,
Je suis triste comme la nuit.

Semblable au saule solitaire
Qui penche son frêle rameau,
J'incline mon front vers la terre,
Et je pleure sur un tombeau.

O mon fils ! pauvre sensitive,
Tu brillais ainsi qu'une fleur
A l'heure où le matin arrive
A l'orient plein de fraîcheur.

Oui, mais te voilà dans ta couche
Endormi bien avant le soir,
Et le sourire de ta bouche
Ne fleurit plus rempli d'espoir.

Ta petite main caressante

Ne glisse plus sur mes cheveux ;
Ton front, sous ma lèvre brûlante,
Ne s'épanouit plus joyeux.

Bien plus doux que l'eau sur la mousse
Qui soupire un air enchanteur,
Les mots que disait ta voix douce
Ne font plus tressaillir mon cœur.

Je ne vois plus qu'en ma pensée
Se mouvoir ta tête d'enfant,
Ainsi qu'une fleur balancée
Sous la douce haleine du vent.

Plus rien qu'une douleur amère !
Plus rien qu'un tombeau sur le bord !
Oh ! dis ! que fais-tu sans ta mère,
Enfant, dans les champs de la mort ?

Le soir, quelle femme te berce,
En chantant, sous le tamarin ?

A ta soif quelle femme verse
En ton sein le lait de son sein ?

Qui pour toi, quand le soleil brille,
Cherche un ombrage frais et doux ?
Qui te sert d'amis, de famille ?
Oh ! qui peut t'aimer comme nous ?

Hélas ! quand ici, moi, je pleure,
Peut-être, heureux loin de ces lieux,
Toi, sur ta nouvelle demeure
La nuit ne voile pas les cieux.

N'es-tu pas l'étoile tranquille
Qui brille où le ciel va finir,
Et dont le rayon immobile
Sur ta tombe vient s'endormir ?

N'es-tu pas la tendre éphémère
Qui penche son front sans couleurs,
Et semble regarder la terre

Que mes yeux inondent de pleurs?

L'étoile, elle cesse de luire;
La fleur, elle roule au chemin.
Ainsi l'une meurt, l'autre expire:
Mais elles renaîtront demain.

Oh! si je pouvais, triste femme,
Avec le parfum, le rayon,
O mon fils! recueillir ton âme
Qui frissonne sur ce gazon!

Long-temps, dans mon sein qui tressaille,
Long-temps je la réchaufferais! —
Et puis, sur la natte de paille,
Un matin je te reverrais....

1841.

VII.

A M. DE LAMARTINE.

[Improvisé après la lecture du discours prononcé
par l'illustre député, lors du banquet de Mâcon.]

Le Seigneur t'a créé grand entre tous les grands.
Que ton âme s'échappe en lyriques torrents,
Ou que, dans les cités où le peuple t'accueille,
Elle jette à chacun des pensers qu'il recueille,

C'est toujours la grande âme, aux célestes concerts,
A qui la voix de Dieu parle du haut des airs.

Oh ! debout devant toi, notre France t'écoute !
Frissonnante et sublime, elle suivra ta route !
Entends-tu près de toi ces bruyantes clameurs ?
C'est le peuple qui vient, te montrant ses malheurs,
Crier qu'en ta parole il met ses espérances ;
C'est le peuple qui vient, tout brisé de souffrances,
Et soulevant son front qu'on frappe comme un rien,
Des larmes dans les yeux, saluer son soutien.
Courage donc ! courage ! et que ta voix s'élève
Comme ces flots puissants qui grondent sur la grève,
Et qui, luttant toujours contre le roc mouvant,
S'élancent dans les cieux sous les efforts du vent !
Courage ! il n'est pas loin le jour de délivrance !
Les mauvais, sous ta voix, comme le roc immense,
Tomberont, et le peuple, enfin heureux par toi,
Pourra lever son front protégé par la loi.

Juin 1843.

VIII.

Quoi ! ses yeux sont mourants et ses lèvres sont closes !
Sur sa bouche est éteint le sourire des cieux !
La fièvre, comme un vent qui dessèche les roses,
Dévorante, a passé sur son front gracieux !

Est-il vrai? Frappez-moi, mon Dieu, plutôt moi-même!
Oh! pourquoi l'abreuver ainsi de tant de fiel?
Elle si bonne, hélas! elle que chacun aime,
Elle dont l'âme est pure ainsi que votre ciel.

Regardez! n'est-il plus de malheureux sur terre
Qui demandent la mort désormais leur seul bien?
Les rappeler à vous c'est briser leur misère;
Mais laissez-nous, Seigneur, un doux ange gardien!

Ah! voilà donc pourquoi j'étais plein de tristesse!
Pourquoi, plus que jamais, mon front était penché!
Pourquoi jusqu'en mon âme, où je la vois sans cesse,
Un chagrin plus cuisant semblait être épanché!

Mon Dieu, pitié pour elle! écoutez ma prière!
Versez tous vos parfums, comme un baume, en son cœur;
Et, s'il le faut, hélas! prenez ma vie entière;
Mais rendez-lui, mon Dieu, santé, joie et bonheur!

1843.

IX.

LA FILLE DE LA VALLÉE.

A travers la vallée où va la jeune fille ?
Des regards de l'aurore à peine le ciel brille
Vers l'orient serein et pur.
A la voir on dirait une fleur animée

Qui jette, en se jouant, l'haleine parfumée
De sa coupe d'or et d'azur.

Elle marche, elle marche, et sur son front humide
La brise parfois jette une larme rapide
Arrachée au saule pleureur :
Telle, aux mains d'un enfant jouant dans la vallée,
Echappe tout-à-coup la perle défilée
Qui va tomber sur une fleur.

Elle chante et sourit, elle court et s'arrête.
Un rayon lumineux semble entourer sa tête
Belle d'innocence et d'amour.
Elle incline son front au-dessus de l'eau vive,
Se regarde, rougit et fuit loin de la rive
Où le flot la montrait au jour.

Qu'elle est belle, arrêtée au pied du sycomore !
Mieux que le lis d'argent, riante, elle décore
La vallée où croissent ses pas.
Ses cheveux noirs roulants voilent sa gorge blanche.

Pour l'écouter chanter les oiseaux dans la branche
Cessent au loin leurs doux ébats.

Ici sa main, errant sur l'émail des prairies,
Assemble, en un bouquet, mille plantes fleuries
Du vallon bijoux merveilleux ;
Elle poursuit plus loin l'insecte qui s'envole
Tout éblouissant d'or, le manque et se console
Près de sa mère au front joyeux.

Ainsi chaque matin sa jeune âme ravie
Vient cueillir, en chantant, les roses de la vie
Qui croissent dans ces champs de paix ;
Et si parfois l'amour émeut son cœur de femme,
C'est comme un miel divin dont s'enivre son âme
A l'ombre de riants bosquets.

— Oh ! chante, enfant ; souris, sois pleine d'allégresse !
Ils sont beaux ces moments où la vive jeunesse
Est pure comme le matin !
Puisses-tu, toujours gaie, et loin, bien loin du monde,

A l'abri du malheur qui sur les hommes gronde,
Ne marcher qu'en un doux chemin !

1841.

X.

OMBRES.

QUELQUEFOIS je suis sombre. Une ardente pensée
Paraît être clouée en mon âme oppressée.
Alors je sens en moi comme un feu de l'enfer,
Et je marche courbé sous une main de fer.

Pour moi tout est changé. Chaque astre du ciel tombe ;
La feuille tremble ainsi qu'un râle de la tombe ;
Le ruisseau, murmurant sous un saule pleureur,
Elève, aux pieds des monts, une voix de malheur ;
La fleur est un calice où Dieu mit l'amertume,
La terre, un gouffre où tout se tord, rugit, écume ;
L'oiseau, c'est un hibou ; le ciel, affreux à voir,
Est, sur le monument, un marbre immense et noir ;
La brise, c'est un vent qui détruit et ravage ;
La lune qui se montre à travers le nuage,
La lune est pour mes yeux, sous un voile de deuil,
Une tête de mort arrachée au cercueil,
Et mise là par Dieu, dans un jour de colère,
Pour regarder la vie et rire de la terre.

Oh ! si j'avais souvent de ces nuits sans rayons,
De ces pensers affreux, terribles visions ;
Si je sentais souvent sur moi des pieds funèbres
Se poser, me couvrant de boue et de ténèbres,
Ou des mains sur le roc m'enchainer par le cou,
Oui, je mourrais bientôt, ou je deviendrais fou !

1842.

XI.

A M. ***.

Calais.

QUE n'es-tu près de moi debout sur le rivage !
J'aime le bruit des flots bondissant sur la plage
Pendant les sombres nuits — les cieux étant couverts —
Où le tonnerre gronde, où les rouges éclairs

Sillonnent l'horizon ; car alors dans ma tête
S'élève aussi parfois, sous l'humaine tempête,
Quelque grande pensée, immuable rumeur,
Qui mugit comme un flot de la mer en fureur,
Et qui, pleine de force et terrible, menace
Le vaisseau d'Albion qui nous insulte et passe.

1845

XII.

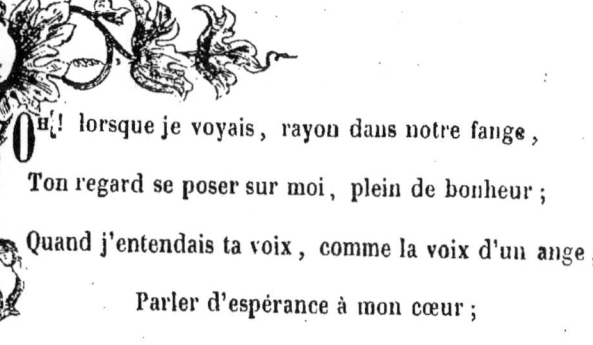

OH ! lorsque je voyais, rayon dans notre fange,
Ton regard se poser sur moi, plein de bonheur ;
Quand j'entendais ta voix, comme la voix d'un ange,
Parler d'espérance à mon cœur ;

Quand je sentais ta main, bien plus douce qu'une aile,
Toucher un peu mon front qui frissonnait soudain;
Quand je te voyais là, douce, belle, si belle,
Reposer, le soir, sur mon sein;

Oh! que j'étais heureux! oh! de quelles délices
Mon cœur qui débordait se sentait enivré!
Je buvais le bonheur alors à pleins calices :
Maintenant j'en suis bien sévré!

Qui me rendra ces temps de divine allégresse!
Qui me rendra ta voix, tes yeux bleus, ton front blanc,
Ton sourire du ciel plein d'amour et d'ivresse,
Ton regard doux et consolant?

Hélas! des jours encor brilleront sur la terre,
Des nuits encor viendront envelopper les cieux;
Et moi, je pleurerai, pensif et solitaire,
Sous le ciel sombre ou radieux.

Et moi, j'appellerai, regardant dans la foule,

L'ange qui m'apparut, étoile dans les airs;
Et toujours je serai comme un flot, sous la houle,
Qui gémit sur des rocs déserts.

Toujours seul, toujours triste, oh! toujours plein d'angoisse
Jusqu'au moment où Dieu, nous prenant par la main,
Dira: soyez heureux, vous que le chagrin froisse;
Vos maux n'ont plus de lendemain.

Octobre 1843.

XIII.

PENSÉE.

Sur la colline, enfin, par la nuit arrosée,
L'aurore reparaît humide de rosée.
Son souffle, plein d'odeurs, répandu sous les cieux,
Est comme un doux parfum, un miel délicieux.

Chaque rameau frôlé chante comme une lyre.
De l'orient d'azur son gracieux sourire,
Tel qu'un sourire d'ange ou de jeune beauté,
Chasse le noir nuage au ruisseau reflété.
Les roses, sous sa main où folâtre la brise,
Parsemant l'horizon, dissipent la nuit grise,
Et semblent dans les cœurs, contents de les revoir,
Jeter avec le jour mille rayons d'espoir.

— L'aurore ! hélas ! hélas ! sur la terre ravie
Partout elle répand la lumière et la vie,
Comme si cette terre, où nous serons demain,
Ne renfermait encor nul tombeau dans son sein.

1842.

XIV.

A UN JEUNE ENFANT.

D'OU viens-tu, doux enfant, bon ange
Au front de neige, aux blonds cheveux
Qui tombent, ainsi qu'une frange,
Autour de ton cou gracieux ?

Toi que toujours chacun admire,
Toi dont la parole a du miel,
Dont le séraphique sourire
Brille comme un rayon du ciel !

Viens-tu de cet azur sans voile
Où les mondes roulent sans bruit ?
Pour nous as-tu quitté l'étoile
Que ta main guidait dans la nuit ?

N'étais-tu pas de ces Génies,
Aux pieds de Dieu radieux chœur,
Dont la voix, pleine d'harmonies,
Chante la gloire du Seigneur ?

Oh ! que les accords de ta harpe
Devaient être mélodieux,
Quand, laissant flotter ton écharpe,
Ta voix s'élevait dans les cieux !

Où laissas-tu tes blanches ailes,

Ces ailes pleines de rayons
Que les justes de nos vallons
Voient luire aux voûtes éternelles ?

Dis ; pourquoi quitter l'encensoir
Fumant devant le divin trône ?
Pourquoi déchirer la couronne
Des anges qui n'ont pas de soir ?

Pourquoi descendre dans ce monde ?
De tes frères fuir le bonheur ?
Ici toujours la foudre gronde,
Et le vent brise toute fleur.

Sans doute, Dieu qui te fit naître,
Te montrant à nos yeux ravis,
A voulu nous faire connaître
Un ange de son paradis.

1843.

XV.

HÉLAS ! comme ils ont fui, les jours passés près d'elle !
Qu'ils étaient doux pourtant ! qu'ils étaient beaux, Seigneur !
Un ange sur nos fronts, de la coupe éternelle,
Semblait verser toujours la joie et le bonheur.

Elle avait tant d'amour dans le fond de son âme,
De bonté dans le cœur, de douceur dans les yeux,
Que je n'osais penser qu'elle fut une femme :
Je la croyais un être à moi venu des cieux.

Bien souvent, contemplant son céleste visage,
Sous ses regards de feu mon cœur fondit d'amour ;
Comme un rayon de miel, à travers le feuillage,
Fond, rempli de parfums, sous les regards du jour.

Oh ! je ne craignais pas alors le temps rapide !
Oublieux, je marchais une main dans sa main.
Le jour suivait le jour, savoureux et splendide,
Et la veille laissait sa paix au lendemain.

Pourtant tout a fini : bonheur, plaisir, ivresse.
Plus d'azur à mon ciel que l'amour étoila.
Un matin je partis, le cœur plein de tristesse,
Et quand je fus bien loin — elle n'était plus là !

Lorsqu'au bord du chemin, la rose de la plaine

Laisse aller au zéphir ses feuilles, vers le soir,
Un bouton à côté, sous quelque douce haleine,
S'entr'ouvre et rend à l'œil sa joie et son espoir.

Mais la dernière rose un matin vient éclore ;
Le vent souffle, et l'on voit son éclat se ternir ;
Sa feuille tombe aussi, son parfum s'évapore :
Plus rien ne reste d'elle, hélas ! qu'un souvenir !

1843.

XVI.

PENSÉE D'OCTOBRE.

ENCORE une saison qui passe pour toujours !
Comme l'été rapide ont passé mes beaux jours.
Voici venir Novembre, et ses vents, et sa brume.
Plus d'horizon d'azur où le coteau qui fume

Semble, chaque matin, sous les rayons de feu,
Exhaler son encens jusqu'au trône de Dieu !
Plus de ruisseau joyeux chantant sous la verdure !
Plus d'ombre dans les bois ! plus de léger murmure
Courant dans le vallon de rameaux en rameaux !
Plus de souffle embaumé ! plus de doux chants d'oiseaux !
La tristesse partout, la bise, le ravage ! —
Hélas ! depuis long-temps, de retour au village,
Je n'ai, près de mon père, un long soir reposé,
Embrassé bonne mère et sœurs au teint rosé !

— Mon père ! — Oh ! bien souvent, en hiver, quand la neige
S'élevait au dehors sur le toit qu'elle assiège ;
Quand le vent, qui venait à travers le vallon,
Fesait tinter la vitre et trembler la maison,
Assis près du foyer dont la flamme scintille,
Nous avons discouru réunis en famille.
Heureux moments ! Sa voix, sévère doucement,
Nous parlait du pays, de Dieu, du firmament,
Des villes et de l'air que toute âme y respire,
De la corruption au satanique rire,

Des biens de la vertu, des crimes des méchants,
De cette douce paix qu'on ne trouve qu'aux champs,
Des malheureux surtout que Dieu veut qu'on soulage ;
Et mère, et sœurs, et fils, groupés autour du sage,
Des baisers sur la lèvre et des larmes aux yeux,
Recueillaient ses discours ainsi qu'un chant pieux.

— « Des pauvres, disait-il, apaisons la misère !
« Si le seigneur voulait qu'un jour, réduits à rien,
« Vous fussiez, chers enfants, malheureux sur la terre,
« Ne béniriez-vous pas qui vous ferait du bien ?
« L'homme est comme un esquif abandonné sur l'onde :
« Un jour il glisse en paix sur l'abîme des eaux,
« Puis, battu par les vents, par la foudre qui gronde,
« Il se brise en éclats au vaste sein des flots.
« Le vrai bonheur, amis, est dans la bienfaisance ;
« Et si, malgré son or, le riche, en son palais,
« Est si souvent en proie aux remords, aux regrets,
« C'est qu'il n'allège pas les maux de l'indigence :
« Au bienfaiteur toujours Dieu rend tous ses bienfaits !
« . . . .
« . . . . »

Et puis c'était ma mère, avec sa douce voix,
Nous racontant après la légende des bois,
Nous lisant quelque livre où brille le génie,
Ou l'Imitation ou Paul et Virginie.
Mon Dieu, que nous pleurions lorsque, dans la forêt,
La vieille esclave, hélas ! gémissait sous le fouet !
Quand le sombre vaisseau, que la vague soulève,
Prêt à surgir au port, se brisait sur la grève !
La lame, à chaque coup, bondissant sur le bord,
Semblait jusqu'en nos cœurs jeter un cri de mort.
Pauvre Paul, toi, ta sœur devait t'être ravie :
Pour garder sa pudeur elle a donné sa vie !

Oh ! ces longs soirs d'hiver alors étaient bien courts !
Et Dieu n'a pas permis qu'ils durassent toujours.
Seul ici, maintenant sans cesse je m'ennuie.
J'écoute, front baissé, tomber la forte pluie,
Ou pleurer au déhors, ainsi qu'un jeune enfant,
Au milieu de la nuit, la rafale du vent ;
Content lorsque la pluie ou le vent solitaire
Tombe ou pleure parfois comme aux champs de mon père.

1842.

XVII.

AUX JEUNES GENS.

L'HOMME impur va disant : « Le vin chasse toute ombre.
« On brave le malheur une coupe à la main.
« Que le ciel sur vos fronts soit riant ou bien sombre,
« Amis, buvez jusqu'à demain !

« Couronnez-vous de pampre et de roses nouvelles !
« Célébrez dans vos chants l'amour et le nectar !
« Chantez ! buvez ! la vie ici-bas a des ailes :
« Qui sait ce qu'on devient plus tard ? »

Oh ! ne le croyez pas, vous à qui Dieu prépare
Le calice où l'on a le bonheur des beaux jours !
Fuyez le noir sentier où son pied, qui s'égare,
Marche dans la fange toujours !

Si vos regards pouvaient lire au fond de son âme
Vous verriez quel abîme il s'est ouvert, hélas !
Lui dont le cœur jamais n'eut qu'un penser infâme,
Lui qui foula tout sous ses pas.

Ne possédez-vous pas tout ce qu'il faut sur terre :
Un cœur pur, un ciel bleu, du bonheur, de l'espoir ?
Voudriez-vous donner la paix pour la misère ?
Vos calices du jour pour sa coupe du soir ?

Fuyez-le ! Sur sa face est empreint l'anathème ;

L'impudicité vile a sillonné son front.
Oh ! fuyez-le ! il renie et le ciel et Dieu même ;
Son amitié, c'est un affront.

Qu'il soit honni de tous ! Pour lui boire c'est vivre.
Il trouve dans la coupe amour, honneur, bonheur.
Honte ! car être heureux, selon lui, c'est être ivre,
C'est n'avoir ni raison, ni cœur.

1842.

XVIII.

L'ESPÉRANCE.

A ***.

Ainsi les oiseaux de l'aurore
Sous les tilleuls semblent gémir. —
Oh ! bercez-moi, bercez encore
Ma tristesse pour l'endormir !

Laissez tomber votre parole
Comme un soupir dans mon malheur :
Votre parole qui console
Est si douce à mon pauvre cœur !

J'ai tant pleuré, moi, sur la terre
Où je souffrais toujours, toujours !
Ma coupe, hélas ! fut tant amère !
Tant d'ombres couvrirent mes jours !

Aujourd'hui je me sens renaître
Sous les rayons de vos yeux bleus ;
Et tout mon bonheur est peut-être
Dans votre cœur où vont mes vœux.

Laissez-moi, comme dans un rêve,
Vous contempler sous ces bosquets,
Doux ange dont l'aile se lève
Sur moi pour me couvrir de paix.

Oh ! que vous êtes blanche et belle !

Que votre front est calme et pur !
Votre âme en vos yeux étincelle
Comme une étoile aux lacs d'azur.

Je sens s'éteindre ma souffrance
Quand je me vois là, près de vous :
Le sourire de l'espérance
C'est votre sourire si doux.

Souriez-moi comme l'aurore
Au lis que la nuit vint ternir.
Oh ! bercez-moi, bercez encore
Ma tristesse pour l'endormir !

1843.

XIX.

UN DERNIER MOT AU PEUPLE.

Si vous voyiez encor, fier de son équipage,
Un grand éclabousser chacun sur son passage,
Et, fort de ses valets, hommes bas et flétris,
Sur les fronts, à ses pieds, cracher tout son mépris,

Vous devriez le fuir ; car, vous, couvert de boue,
La colère pourrait vous monter à la joue,
Et, n'écoutant alors que le transport du cœur,
Vous pourriez l'arracher de son char de grandeur,
L'étendre sous vos pieds, le rouler dans la fange,
Et blesser son oreille avec un mot étrange.
Il vaut mieux, évitant ces luttes du chemin,
A quelque ami plus loin aller tendre la main,
Et laisser à Dieu seul, qui voit votre souffrance,
Le soin de le frapper au jour de la vengeance :
Dès que le bras de Dieu, vengeur de la vertu,
S'est levé, le puissant sous vous est abattu.

De ces mépris, d'ailleurs, pourquoi donc prendre ombrage ?
Que vous fait d'un méchant et l'insulte et l'outrage ?
Il a beau dire et faire, oh ! jamais son affront
Ne pourra vous tacher, vous maculer le front ;
Car, quel que soit le nom dont son orgueil se nomme,
Il est moindre que vous : c'est le cœur qui fait l'homme.

1845.

XX.

LE FIANCÉ DU DÉSERT.

Je t'aime, ô Nélida ! car j'ai vu dans ton âme.
Ton cœur est aussi pur qu'un rayon de soleil.
Je t'aime ! car j'ai vu ta belle ombre de femme
Briller la nuit dans mon sommeil.

Le Maître de la vie a formé ta stature :
Le pin de la montagne est moins majestueux.
Ton visage est pareil à l'eau riante et pure
Qui reflète l'azur des cieux.

Les accents de ta voix, d'où le bonheur découle,
Sont un baume onctueux répandu dans les cœurs ;
Ta gorge, où, s'échappant, ta chevelure roule,
Est comme un vase orné de fleurs.

Semblable au tulipier, enfant de la colline,
Ta bouche a des parfums qui mettent en émoi ;
Tes beaux yeux ont l'éclat d'un beau jour qui décline ;
Le lis se courbe devant toi.

Je t'aime, ô Nélida ! car j'ai vu dans ton âme.
Ton cœur est aussi pur qu'un rayon de soleil.
Je t'aime ! car j'ai vu ta belle ombre de femme
Briller la nuit dans mon sommeil.

—

Moi, je suis un guerrier à la hache infaillible.
J'aime la liberté ; je défends mon pays.
On a vu mainte fois, dans la mêlée horrible,
Ma main frapper les ennemis.

Armé de la pagaie, au sein de la tempête,
Tranquille en mon canot, j'affronte les périls.
Le tigre devant moi semble incliner sa tête ;
L'ours tombe sous mes traits subtils.

C'est moi qui suis le chef des guerriers du village ;
Ils marchent au combat lorsque j'ai commandé.
Les vieillards réunis ont loué mon courage,
Et les vierges m'ont regardé ;

Puis leurs lèvres ont dit : « Sous le soleil qui brille
« Le dahlia fleurit pour embellir le jour :
« Liée au beau guerrier telle une jeune fille
« Vivra sous un rayon d'amour. »

J'ai vu deux lilas au bocage
Joindre leurs rameaux odorants;
Ft la brise dans leur feuillage
Jetait des accords enivrants.
J'ai vu, sur la rive prochaine,
Deux oiseaux, habitants du chêne,
Boire le bonheur et la paix,
Et, déployant leurs ailes blanches,
S'envoler de branches en branches
A travers le feuillage épais.

Et j'ai préparé la cabane
Où s'abritera le bonheur;
Et j'ai chanté dans la savane :
« Deux cœurs ne feront qu'un seul cœur! »

J'ai vu la couleuvre brillante,
Se déroulant sous un ciel pur,
Au soleil de sa peau changeante
Etaler l'argent l'azur.

Comme une porte où fuit l'orage,
J'ai vu luire, sur le nuage,
L'arc aux éclatants rayons d'or;
Et j'ai dit, dans ma joie extrême :
« O ma sœur ! pour celle que j'aime
« Tresse un ruban plus riche encor ! »

Et j'ai préparé la cabane
Où s'abritera le bonheur;
Et j'ai chanté dans la savane :
« Deux cœurs ne feront qu'un seul cœur ! »

J'ai vu la tempête effroyable
Que souffle le mauvais Esprit,
Briser, à sa voix redoutable,
Le sassafra qu'elle flétrit.
J'ai vu le maukavis fidèle,
Atteint d'une flèche cruelle
Que lançaient des chasseurs adroits,
Chercher l'abri de la montagne,
Et, près de sa douce compagne,
Se consoler au fond des bois.

Et j'ai préparé la cabane
Où s'abritera le bonheur ;
Et j'ai chanté dans la savane :
« Deux cœurs ne feront qu'un seul cœur ! »

Je t'aime, ô Nélida ! car j'ai vu dans ton âme,
Car ton ombre a, la nuit, brillé dans mon sommeil !
Je t'aime ! Désormais que tes regards de femme
Viennent enchanter mon réveil !

Viens t'asseoir sur ma natte ; abandonne ta mère ;
Contre mon sein brûlant viens reposer ton sein.
Je te préserverai des malheurs de la terre ;
Je te soutiendrai de ma main.

Viens ! l'arbre de la paix fleurira sur nos têtes,
Bercé dans le vallon par le vent du désert ;
Notre ciel éclatant, pur de toutes tempêtes,
Oh ! jamais ne sera couvert !

Viens ! nos lèvres boiront dans la coupe de vie
Et l'ivresse et l'amour répandus jusqu'au bord ;
Viens ! comme l'eau qui coule en paix dans la prairie,
Nous passerons jusqu'à la mort !

1841.

XXI.

L'ANGE GARDIEN.

A ***.

Il me disait, pendant mon rêve,
Le regard abaissé sur moi :
« Que ta tristesse, enfin, s'achève !
Souris ! je suis auprès de toi.

« Je t'ai laissé, seul sur la terre,
Un jour, suivre un sombre chemin.
Hier tu vivais de misère :
Tu vivras de bonheur demain.

« Enfant courant sur la montagne,
J'étais ta mère : oh ! tu m'aimais !
Homme, je serai ta compagne.
Aime-moi : je t'aime à jamais.

« Les parfums sont à la colline,
Au poète les chants si doux ;
La paix est au soir qui décline :
Chante ! le bonheur est à nous. »

L'Ange ainsi parlait à mon âme.
Et, quand j'ouvris mes yeux au jour,
Comme en mon rêve, ô douce femme !
Ton regard m'enivrait d'amour.

1844.

XXII

DÉCEPTION.

Bien jeune et sans appui, lorsqu'il monta sa lyre,
Il croyait que la gloire, accourant à sa voix,
Viendrait, d'un rayon pur, échauffer son délire,
Et couronner son front, comme le front des rois.

Il croyait que bientôt, au sein de notre France,
Chaque voix des cités répéterait son nom ;
Et que ses vers, remplis de baume et d'espérance,
Iraient du pauvre peuple habiter la maison.

Oh ! c'était là surtout sa fervente pensée !
A quoi sert, disait-il, le génie ici-bas,
Si ce n'est pour verser, à chaque âme blessée,
L'espoir, douce liqueur qui raffermit les pas !

Puis, il croyait qu'un jour le passant solitaire,
S'arrêtant, à midi, sous des saules pleureurs,
Viendrait, morne, pensif et regardant la terre,
Jeter sur son tombeau des larmes et des fleurs.

Il croyait tout cela, tant son âme était neuve !
Mais il comprit bientôt les riches d'aujourd'hui.
Ils disaient : « Insensé ! quel calice l'abreuve !
« De la gloire ! il est fou : détournons-nous de lui !

« Il est pauvre et son front veut un rayon de gloire !

« Et comment, sans notre or, l'acheter, ce rayon ?
« Pour penser à Gilbert n'a-t-il pas de mémoire ?
« Aux pauvres l'hôpital ! aux riches le renom ! »

L'hôpital ! — hélas ! oui. C'est là que son génie,
Au moment de l'espoir, tomba sous le malheur.
Il berçait dans sa main la lyre d'harmonie :
Le malheur vint briser la lyre sur son cœur.

Pleura-t-il ? oh ! beaucoup ! non pour lui : pour ses frères
Qu'il laissait là, souffrants, au milieu du chemin.
« Mon Dieu, répétait-il, allège leurs misères !
« Prends ma vie aujourd'hui, mais donne-leur ta main ! »

Et l'enfant s'éteignit, comme un astre qui tombe,
Au milieu de la nuit, sans appui, sans secours.
Seule, une pauvre fille a pris soin de sa tombe.
Elle n'avait qu'un frère : elle pleure toujours.

1844.

XXIII.

ÉPILOGUE.

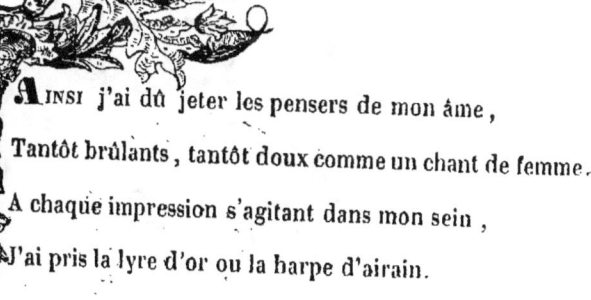

Ainsi j'ai dû jeter les pensers de mon âme,
Tantôt brûlants, tantôt doux comme un chant de femme.
A chaque impression s'agitant dans mon sein,
J'ai pris la lyre d'or ou la harpe d'airain.

J'ai contemplé le ciel, étudié le monde :
— Là le jour était grand, ici la nuit profonde —
Et, regardant dans l'ombre à l'aide du rayon,
J'ai flétri le méchant, car j'ai ma mission.
Oh ! trois fois insensé qui, la route étant noire,
Ne cherche que pour soi le bonheur et la gloire,
Et, sans voir la douleur qui se tord sous ses pas,
Ne marche qu'en chantant, sans regarder en bas !

Avril 1844.

TABLE.

PREMIÈRE PARTIE.

DEUXIÈME PARTIE.

IMP. DE A. PRIGNET, A VALENCIENNES.

www.ingramcontent.com/pod-product-compliance
Lightning Source LLC
Chambersburg PA
CBHW070840030726
47504CB00005B/1167
9782019616700